VIAGGIO RIFLESSO

GIUSEPPE CABIZZOSU

PROLOGO

Un treno. Due binari che solcano una terra antica. Un uomo in crisi alla ricerca di se stesso. Delle sue radici. Alla ricerca di ciò che era e non è più o non sarà mai. Un sogno. Un viaggio onirico duro, triste, senza redenzione.

BIOGRAFIA

Giuseppe Cabizzosu

Bibliotecario comunale in un piccolo paese del centro dell'Ogliastra, nel cuore più profondo della Sardegna più autentica. Da anni impegnato con passione nella ricerca e nella salvaguardia della cultura e della storia locale. Autore di numerosi saggi e pubblicazioni.

1

IL TRENO

Da sempre il ritmare continuo dei treni mi concilia il sonno. Il signore seduto nel mio stesso compartimento ha la testa ciondoloni e pare che da un momento all'altro debba precipitarmi rovinosamente addosso; di tanto in tanto la sua faccia assente assume sembianze quasi animalesche e dei continui ed incontrollati tremolii alle labbra ed in tutto il corpo lo fanno sobbalzare pericolosamente. Io, al solito, trattengo a stento le palpebre, che mi paiono oggi di un peso insopportabile, ma l'immagine traballante del mio instabile e ferino compagno di viaggio mi provoca una tale repulsione al sonno che mi rassegno a trascorrere il tempo che mi resta a guardare fuori dal finestrino. Gli alberi scorrono veloci al mio fianco e mille pensieri mi affollano confusamente la mente. Le immagini lontane impresse nei miei ricordi si sdoppiano malinconiche ed i contorni incerti si definiscono nel ritmico dondolio di un vecchio e polveroso orologio a pendolo che scandisce il tempo in tanti minuscoli frangenti che scorrono con la stessa ossessiva ed inesorabile velocità dei sugheri e delle querce secolari oltre il vetro.

Una serie ininterrotta di minuscole gocce che cadono leggere sulla nostra esistenza ed a cui non diamo per anni alcuna importanza. Quando ci rendiamo conto di esse ormai è tardi, come una roccia che, all'apparenza durissima, è stata scavata in profondità, la nostra vita è consumata e non abbiamo del tempo trascorso che un vago e lontano ricordo. E solo allora, con stupore, notiamo quelle minuscole gocce che, leggere e inesorabili, cadono su di essa penetrando profondamente nel nostro cuore e nella nostra anima corrodendoli.

Il fischio della vecchia motrice mi riporta con nostalgia ai tempi passati in cui il medesimo sbuffare, agitato e fuligginoso, seminava il panico tra le antiche greggi che brucavano indisturbate lungo i vasti pascoli erbosi appena interrotti da quelle due oscure linee metalliche che, parallele ed inopportune, si perdevano fredde verso l'orizzonte lontano. Il servo pastore, sempre in continuo movimento, forse infastidito da un pensiero

improvviso, si fermava un attimo ad osservare il fumo che saliva lento nel cielo tra le nuvole chiare di un pomeriggio d'autunno.
Mi pare ancora oggi di vedere il suo giovane viso illuminarsi di una luce misteriosa: espressione, forse, di un desiderio segreto e mai confessato in cui la fuga e la speranza si intrecciano nella mente al sapore acre e indefinito di un sogno troppe volte accarezzato e mai vissuto veramente. Un sogno mai raccontato, sempre tenuto gelosamente nascosto, custodito dolcemente nel buio imperscrutabile del suo cuore. Solo alcune notti senza luna, dopo una lunga giornata di duro lavoro, seduto al calore di un tenue fuoco notturno, affiorava timidamente tra i riflessi evanescenti di una piccola fiammella che rischiarava solo in parte il suo volto, segnato profondamente dalle lunghe e solitarie notti invernali.
Alla mia sinistra osservo gli immensi capannoni ormai vuoti ed abbandonati, ultimo ricordo di quelle vestigia industriali, autentiche "cattedrali nel deserto", che avrebbero dovuto salvare, nella mente malata dell'uomo del nord, l'asfittica economia meridionale. Il lancio dell'industria chimica nell'isola, miraggio evanescente di una assurda miopia secolare travestita di modernismo industriale che la polvere e le sterpaglie, che ormai ricoprono, inesorabili, fabbriche e sogni, non riescono ancora a cancellare del tutto. Ed il pastore è lì, come tanti secoli addietro, a guardare, imperscrutabile, la nullità delle cose, la vanità sciocca dei politici, l'assurdità rovinosa dei progetti; e tutto gli scivola addosso, distrattamente, come acqua piovana che cade prima impetuosa ma poi all'improvviso cessa e, come non fosse mai venuta, scorre lontana, senza lasciar traccia. E lui rimane fermo, immobile, sui suoi monti e lascia che il tempo e la natura rendano giustizia alla follia umana.
Attraverso così la lunga distesa tra memoria e sogno che separa i miei ricordi dal lento procedere del treno.
Cammino per quelle antiche vie, sui ciottoli lisci e corrosi dal tempo e da mille pensieri, angosce, speranze; i muri hanno ancora quel colore di calce sbiadita e stantia che furono corollario alle mie prime avventure, compagni silenziosi dei miei primi pensieri e delle mie prime confuse esperienze di vita. Intravedo i volti corrucciati delle vecchie che mi scrutano e mi rimandano a quando vedevo in loro l'unica fonte di saggezza di cui il mondo disponesse, una inesauribile memoria storica che lentamente si sta spegnendo; ora mi accorgo chiaramente che stanno morendo,

nessuno chiede loro niente e loro non chiedono niente a nessuno.
E' un modo anche questo di dire lasciatemi divertire, o forse un
lasciarsi morire, una rivolta muta contro un mondo che non
capiscono e non le capisce o meglio non le vuole capire.
Mi pare di assistere impotente al crollo di un mondo che forse
rimpiangeremo. Come uno scrigno antico di cui si è smarrita la
chiave che, stancamente illuminato dai tenui raggi di un pallido
sole invernale voltato al tramonto, conserva con amore al suo
interno piccoli preziosi segreti, coperti da uno strato sottile di
polvere e di oblio.

2

IL VECCHIO CIECO

Attraverso la strada principale e mi inoltro per le viuzze contorte che si dipanano strettissime verso il cuore del paese, ragnatele confuse di un ragno ormai stanco. In quei vicoli, che risuonano ancora di voci, dello strepitio degli zoccoli dei somari che si affrettano sicuri a condurre i loro padroni lungo i sentieri che li porterà al monte sopra l'abitato, e delle grida gioiose dei bambini che giocano, ora è solo silenzio.

Le pietre allora pulite quotidianamente dalle donne del vicinato sono sommerse dalla polvere e da un grigiume maleodorante da cui esala un lezzo insopportabile. Non c'è nessuno, solo un vecchio che sonnecchia distratto sopra uno sgabello di sughero. Mi avvicino e spero di cogliere nel suo viso almeno il ricordo di tanta vita passata. Mi avvicino di più e mi trovo davanti un signore minuto; gli rivolgo la parola e ottengo in cambio solo un movimento impercettibile del suo volto che lentamente si solleva e si volge verso di me con un carico di anni che a stento trascina.

Il viso che mi si presenta dinanzi è una indefinibile maschera scolpita dal tempo, mille increspature nella pelle si confondono in una cornice di granito in cui si condensano i solchi dei campi arati dai buoi, le cortecce dei ginepri marini torturati dai venti impetuosi di tramontana, le onde pacate di un mare il cui intenso colore evoca profondità inquietanti ed arcani silenzi. Un contorno allungato, abbronzato dal sole, che si concentra in due minuscole e frastagliate fessure dal calore ormai spento, e solo allora capisco stupidamente che ho davanti un povero cieco.

Indossa con austera eleganza il tradizionale costume dei padri, camicia e pantaloni bianchissimi tenuti insieme da un largo cinto in pelle, ghette, corpetto e gonnella neri, a contrappunto di una duplice anima che pare risalire dalla notte ancestrale dei tempi in cui dal cuore della notte calavano ululanti e terribili esseri, vestiti di pelli e di odio, che razziavano con violenza i campi seminati per rieclissarsi subito dopo, velocissimi, sulle impervie montagne del centro. Residenza impervia di un popolo mai domato, nutrito della

propria isolata e orgogliosa diversità e dolce nella ferinità dei tempi in cui dava alla donna lo scettro del comando familiare in un costume di rispetto e di onore che ancora oggi si riscontra nella struttura matriarcale dei centri isolani più interni non ancora inabissatosi nelle magnifiche sorti e progressive degli idoli moderni. Non riesco ad attribuirgli un'età precisa; è come certi fossili che hanno vissuto in un'epoca lontana e indefinita ed appartengono al tempo senza misurarsi con esso; che importa se in una vecchia clessidra la polvere che scorre dentro di essa si confonde con quella che la ricopre? E' il tempo fuori e dentro di noi che scandisce gli attimi della nostra esistenza e le rughe che coronano la fronte dei vecchi non sono altro che mutevoli dune di sabbia create e distrutte dal vento sferzante della vita.
Non dico niente e mi seggo al suo fianco, lui mi guarda con i suoi occhi spenti e tace. Il vento, levatosi al mio arrivo, è una presenza continua che accompagna sempre le occupazioni quotidiane dei pochi abitanti di questo piccolo borgo abbarbicato da secoli su scoscese vette rocciose ed il mare in lontananza non fa che rendere ancora più vertiginosi i diruppi che cadono a picco sui boschi sottostanti.
Non posso evitare di fissare i suoi occhi bianchi velati di una tristezza inespressa e la sua espressione di assoluta imperscrutabilità è specchio di una pace interiore che solo il confronto vivo col tempo sa dare, in una titanica lotta che vede l'uomo ergersi a giudice implacabile delle proprie debolezze.
- Mi dispiace per i tuoi occhi, vecchio, aggiungo.
- Non dolerti tanto ragazzo; è maggior cruccio avere gli occhi e non vedere piuttosto che guardare con occhi che non si possono oscurare. Tanto ho guardato senza vedere e tanto ho veduto solo dopo che i miei occhi si sono chiusi. Spesso la luna notturna illumina più del sole d'agosto.
La voce era rauca e pacata e mi giunse come un'eco lontana, come il crollo di una roccia che dai quegli altissimi diruppi, infrangendosi sul fondo della valle, creano un sordo e profondo lamento che pare innalzarsi possente dalle viscere della terra.
Rimasi sconcertato, muto, come ammaliato da un canto lontano e misterioso non seppi cosa rispondere, poi, ripresomi, aggiunsi:
- Tu forse non sai che oggi esistono strumenti che permettono di vedere cose che l'occhio umano non può neanche immaginare. L'infinitamente grande e l'infinitamente piccolo. Le stelle e gli atomi.

Silenzio, nessuna risposta. Solo il vento continuava ad ululare, sospinto con forza nella gola nel cui letto sonnecchiavano assenti case e uomini, quasi adagiati delicatamente sotto una coltre di polvere secolare.

Dopo una pausa interminabile, il vecchio riprese a parlare, il silenzio di complicità era ormai spezzato:

- Può una macchina vedere ciò che l'uomo può immaginare? Può un cannocchiale cogliere ciò che custodisco nel mio cuore? E' forse più importante contare i riflessi delle stelle che abbracciare i palpiti soffusi e il calore della donna che si stringe al tuo fianco? E' destino dei presbiti vedere lontano ma ignorare il proprio animo. Scrutare nella notte non significa solo vedere fredde luci sulle nostre teste quanto piuttosto leggere nei nostri cuori e cogliere quanto di più segreto e prezioso esiste nell'animo umano. L'universo non sta solo fuori di noi.

Il suo viso assumeva un'espressione di profonda malinconia mentre diceva queste parole e pareva quasi che il parlare gli costasse una fatica immensa.

Non ero sicuro di dare il giusto significato alle parole del vecchio, ma anche gli alibi più riusciti talvolta non sono che futili maschere erette a difesa del nostro insulso egoismo.

- Vedi - continuò - quando io ero ragazzo esistevano dei valori che tutti rispettavano, non erano scritti in nessun codice e nessun gendarme era incaricato di farli rispettare, esistevano, e noi vivevamo in essi. La nostra cura maggiore era vivere in armonia con ciò che di più intimo era fuori e dentro di noi. Conducevamo una esistenza semplice e rozza ma eravamo ancora in grado di sentire fluire dentro di noi quell'anelito vitale che spirava dolcemente dai nostri cuori, dai monti, dalle gole profonde attraversate da limpide acque cristalline. La povertà era estrema ma lo spirito che spingeva i nostri passi era puro e nobile e le strade erano percorribili, esisteva ancora un legame che ci univa alla nostra terra. Ora il mondo è troppo grande e non c'è posto per gli uomini. Se esco per strada vedo solo una immensa moltitudine di miseri esseri senza anima, automi, uomini soli, omuncoli privi di vita e di speranza, servi di un mondo che oscura ed abbrutisce ogni loro luce interiore, miseri cadaveri che languono lentamente.

Non coglievo acredine nella sua voce, solo una immensa tristezza che gli strozzava la voce. I vecchi quando parlano danno l'impressione di rivivere un sogno del passato e tu che li ascolti non sai se tuffarti nel sogno con loro o destarti dal torpore che promana dai loro racconti. In entrambi i casi, però, non puoi evitare che una sottile malinconia ti avviluppi l'anima e un vago e indistinto dolore ti unisca intimamente a quella voce rocca e profonda e, quasi senza accorgerti, ti perdi in quella triste melodia di altri tempi.

- Da giovane vivevo anch'io in una grande città del nord, sopraffatto dalla frenesia della lotta quotidiana contro il tempo che inesorabile mi consumava, correvo alla ricerca del successo, del lavoro e dimenticavo di essere semplicemente un uomo. Dopo tanti anni di vana ed infruttuosa ricerca, mentre attraversavo, come al solito di corsa, un affollato viale gremito di miopi altrettanto frettolosi ed in eterno ritardo come me, mi colse come un intenso capogiro. Il dolore era fortissimo e mi fece barcollare vistosamente, dovetti sedermi per non cadere. Arrivai a mala pena ad un muretto e lì dovetti stringere i denti per non perdere i sensi. Mi accasciai e stetti assolutamente immobile per diversi minuti, nessuno fece caso a ciò che mi succedeva, erano troppo indaffarati a correre. Dopo che risentii il sangue che mi pulsava prepotentemente nelle tempie, sollevai lo sguardo, la vista annebbiata cominciava finalmente a schiarirmisi. Per un attimo ignorai dove mi trovavo ma poi, lentamente, come colto da un fremito, ricordai il mare della mia fanciullezza. Ho sempre amato il mare d'inverno, specie quando la brezza del mattino evidenzia i suoi mille colori ed i gabbiani volano in alto in equilibrio precario come ai bordi di un mondo misterioso che nessuno riesce a penetrare. Ho sempre pensato a loro come ad oscuri dadi che volteggiano nella notte, lanciati a caso da una mano sconosciuta che fissa nei loro cerchi sinuosi inesorabili destini. Destino, misera pedina in un oscuro scacchiere che di tanto travalica i limiti umani. Sogni infranti, desideri inconfessabili, sciocche speranze ingenuamente riposte nel capriccio di una volubile dea bendata che, spesso distratta, si volta a contemplare la notte. E qui, nella totale oscurità delle tenebre, solo la luna. Frammento solitario dell'indifferenza divina che di rada luce illumina ed oscura i flutti cangianti di un mare increspato dal vento, dove il fluire eterno del tempo, inesorabile, corre e si dilegua all'orizzonte. Ed in mezzo, scoglio fermo nella fiumana in piena che tutto travolge, l'uomo, emulo imperfetto di un dio minore talvolta distante, noncurante delle vicende terrene, si erge solitario a difesa di uno sdegno represso e mai interamente contenuto. Immerso nel supplizio tantalico di chi vede scorrere la vita, la propria vita,

senza riuscire ad afferrarla. Dopo il buio di una vita interamente vissuta in superficie, sprofondavo ora all'improvviso, negli abissi inquieti del mio cuore, in una profondità che ha sempre velato il mio sguardo e dalla quale mi parve di risalire all'origine della mia vera essenza di uomo; non successo, non fama, non denaro, non altro vidi, solo un essere profondamente solo. E' incredibile quanto profondo sia il solco che separa la nostra esistenza da quella di coloro che vivono al nostro fianco. Un intersecarsi continuo di linee che si sfiorano, si sovrappongono, si affiancano, si intrecciano senza mai toccarsi veramente, e per una vita intera viviamo come in un vecchio cinematografo, dove, in una sequenza continua di lontani fotogrammi, possiamo osservare lo scorrere della nostra esistenza senza capire ciò che, intimamente ci spinge a stare al di qua dello schermo. Alzo lo sguardo e, in lontananza intravedo appena, nel mio cuore, la forma imprecisa di un uomo che seduto su una roccia osserva il tramonto. Il vento spira dolcemente e fa sventolare i suoi abiti, vessillo lacero e triste, illuminato appena dai raggi malinconici di un tiepido sole serale. Il riverbero pallido della luce riflessa rischiara una lacrima che, lentamente, solca il suo viso e cade giù. Quali pensieri attraverseranno la sua mente? Una profonda amarezza mi coglie all'improvviso. Perché ci sentiamo così soli se cogliamo tanto intimamente la sottile identità del nostro comune dolore? Perché non riesco a dividere con gli altri questa angoscia che mi attanaglia il cuore? Perché ogni parola mi pare vuota ed insignificante? E' dunque così profonda l'incomunicabilità dell'uomo e la sua eterna solitudine?
Tutto il discorso si era susseguito velocissimo, senza interruzione, come un monologo interiore, come se l'uomo non si rivolgesse a me direttamente ma riflettesse solitario, tra sé e sé.
- Ho provato spesso le stesse cose di cui mi parli, vecchio, ed anch'io sono alla ricerca di un qualcosa che non riesco a trovare, è tanto che cerco e dispero ormai di colmare questo immenso vuoto che mi impedisce di vivere e dentro il quale ho perso da tempo ogni più piccolo entusiasmo. Ho studiato per anni, cercando nel passato una risposta alle mie domande. Secoli di storia per cogliere la fugacità della gloria, della fortuna, la precari età del potere sempre pronto a trasformarsi in miseria quando sembra più saldo; la felicità come effimero anelito sempre eternamente mutevole; il confine incerto tra piacere e dolore, tutto

è destinato a scorrere via nel tempo e non lasciare che un pallido ricordo che si perde nel vento. Talvolta nel cuore della notte mi pare in un attimo di rivedere tutta la mia esistenza come una sequenza di immagini sbiadite, fotografie in bianco e nero dai contorni sfuocati in una luce soffusa ed irreale. Osservo e quasi stento. a riconoscermi, mi rivedo bambino, ragazzo, adulto, ma nulla è cambiato in me, solo i miei occhi, più tristi, più profondi, ora scrutano più lontano. Il mistero è sempre uguale, in più forse solo la cruda e disincantata consapevolezza del mio sguardo. Un destino che ormai si è liberato dai vaghi sogni della fanciullezza, rivelandosi chiaramente per ciò che è realmente, l'unica cosa che può dare un senso alla mia vita. Infine, finalmente, mi salva il sonno: vago, eterno oblio del tempo perduto tra le sottili pieghe della memoria.

Il vecchio sembrò per un attimo ascoltare le mie parole, ma forse fu solo una mia ridicola illusione. Se mi parve che, finalmente, una piccola libellula si fosse posata dolcemente sul lago ai nostri piedi, fu solo un attimo. Uno sbatter d'ali improvviso non lasciò che piccoli cerchi che, lentamente, si aprirono sempre più per richiudersi, poi, inesorabilmente, nella calma assoluta di quella chiara superficie di cielo.

Decisi di non farmi più male, attesi un po' e poi mi alzai.

Mentre mi allontanavo mi chiedevo chi dei due fosse il vero vecchio, triste ed ingenuo sopravvissuto di un epoca ormai tristemente tramontata.

3

IL MUFLONE

Camminai a lungo, vagando senza meta finché sentii un clamore lontano che giungeva da oltre le case del vicolo. Attraversai velocemente le viuzze contorte e arrivai ad una piazzola sterrata su cui si affacciavano vecchi cortili e antichi loggiati di pietre, fantasmi dimenticati di una operosità ormai stanca che si frangeva nelle vecchie tegole coperte di muschio e di muffa. Al centro della piazza un grande pozzo circolare si stagliava solitario, forse ultimo testimone di una memoria lontana ormai persa nel suo piccolo specchio di luna.

Mi avvicinai ancor più e, come attratto da ammalianti voci lontane, sentii il desiderio irrefrenabile di sporgermi oltre il bordo e raggiungere così, finalmente, quella quiete tanto agognata che pareva promanarsi accattivante dall'oscurità immobile e fatale del suo fondo.

Vortici di polvere roteanti e trasportati dal vento si levavano irrequieti sui miei pensieri e pareva quasi di sentire ancora, tra le pareti scolpite dei muri, i sussurri soffusi che esalavano dalle antiche case.

Il profumo acre e pungente del vino che fermentava pigramente nelle botti custodite nelle oscure e fresche cantine. La dolcezza tenue del focolare che illuminava tiepidamente le cucine odorose. Il calore intimo e pudico delle alcove dalle quali si levavano all'alba le donne gioiose ancora avvolte dal tepore sensuale della notte.

Al bordo della piazza un platano di dimensioni favolose, si elevava in altezza per almeno quindici o venti metri ed il tronco pareva quasi un colossale menhir megalitico, passato indenne tra mille intemperie e temprato dai forti venti di maestrale.

Un gruppetto di persone incuriosite assistevano ad uno spettacolo inconsueto. Un giovane muflone si ostinava caparbiamente a tentare un'impresa impossibile: noncurante dello scherno crudele dei presenti, si sforzava di intaccare la dura scorza della corteccia del gigantesco albero.

Questi, dall'alto della sua ironia, pareva quasi rispondere ai continui e inutili assalti con uno stormire sornione di fronde.
Non capivo e mi avvicinai per osservare meglio.
Mi accostai, così, ad un presente e gli chiesi il perché di un simile assurdo accanimento.
Lui mi guardò con un fare sospettoso, la sua espressione mostrava i tratti segnati di uno stupore quasi misto a rabbia, fissò i suoi occhi dritti nei miei e non rispose, sembrava quasi non capacitarsi di una simile domanda.
Era enormemente meravigliato e scosso, ed alla fine, per timore forse di mettermi a disagio con una risposta troppo dura, decise di ignorarmi. Continuò così a osservare, ad incitare ed a schernire il povero animale.
La piccola folla rumoreggiava indisciplinata e volgare mentre rivolgeva contro l'animale ogni sorta di infamia e di improperi.
Negli occhi arrossati della gente si leggeva, furente, un sincero e profondo risentimento. Un odio infossato, pesante e corposo era palpabile nell'aria incredibilmente satura ed offuscava le menti risentite come una fosca cappa di dolore che sommergeva implacabile ogni umano sentimento. Una malvagità cupa ed intensa che mascherava forse un'accusa troppo grande per poter essere accettata.
Il giovane muflone, forte della sua generosa illusione ed insensibile alla miseria che gli stava attorno, continuava deciso la sua assurda ed impavida lotta e pareva anzi trovare nell'incitamento meschino ed ironico della platea vociante quasi un motivo di lode e di sprone per condurre fino in fondo la sua battaglia. Ma il giorno ormai volgeva tristemente alla sera ed anche l'ansia di rivalsa e di ribellione trovava nella stanchezza sinuosa del tramonto la dolcezza dell'abbandono e le lusinghe tentatrici della rinuncia diventavano via via sempre più forti.
Proprio nel momento in cui un riflesso di sole attraversò le corna insanguinate della bestia ed un raggio di luce faceva rilucere per un l'odio della gente, la morte schiuse materna le sue lunghe braccia ovattate. Con la schiuma alla bocca, mentre il sangue vivo si spandeva abbondante nella terra arida e secca, l'animale si accasciò al suolo e, mentre il suo coraggio giovanile lentamente si spegneva, i suoi occhi, umidi di lacrime, cercarono ancora una volta le alte fronde dell'albero in un ultimo intenso sguardo velato di una profonda e mesta tristezza.

Un rantolo rauco e quasi felice pose fine ad un sogno
troppo generoso.
La piccola folla radunatasi si disperse velocemente tra il
malcontento generale, solo io rimasi ancora un po', sbigottito e
ansante, vibrante nella tensione della lotta, davanti al corpo
ancora sudato e caldo della bestia morente.
Mi sfuggiva ancora una volta il senso delle cose.
Il vento continuava a soffiare sempre più forte e le fronde del
pioppo oscillavano con vigore sempre maggiore, mentre chiari
bagliori argentei come magici fuochi fatui improvvisamente si
accendevano e si spegnevano tra le foglie irradiate dal sole.
Strana gente pensai.
E' una vecchia abitudine degli uomini definire strano tutto ciò che
non capiscono, quasi fosse normale e giusto unicamente ciò che
è tale per noi, unicamente ciò che rientra nei nostri miseri d ottusi
schemi mentali.
Il senso della mia esistenza è sempre stato chiamare le cose con
il loro nome e spesso mi pare di riuscire nel mio intento, sia pure
con un oscuro e leggero timore che nelle notti di luna piena, al
chiarore delle stelle, mi spinge a negare dentro di me tutto ciò che
la mia piccola mente non riesce a contenere. Dura solo un attimo,
ma sembra interminabile, ed un terrore sinistro ed atroce si
impossessa prepotente di ogni mio essere, come una mano
ammonitrice che mi mostra di lontano le spaventose profondità di
un baratro profondissimo che mi raggela il sangue.

4

IL PASTORE

Una pausa quasi irreale relegava la realtà in un misterioso silenzio di attesa quando nell'aria atona si levò alta e imperiosa la dolce armonia di un suono antico e dimenticato che rievocò in me immagini di un tempo lontano e ormai irreparabilmente trascorso.

Il rintocco melodioso di una vecchia campana, come un canto divino, si effuse lentamente nella campagna circostante; ritmo vitale di una società intimamente legata ad immutabili leggi di natura indifferenti alla meschinità del progresso umano.

Un abbraccio quasi religioso che scandiva i ritmi arcani di una esistenza semplice ma intensa, vigorosa e viva.

Sentii il contatto quasi epidermico delle profonde vibrazioni che dalla vecchia torre si ripercossero nella valle sottostante e di li in continue oscillazioni sonore che si infrangevano per simpatia nei cuori della gente dando loro un fremito leggero di sottile complicità.

Avvertivo in lontananza gli armenti che dai pascoli ormai prossimi alle rigidità invernali si dirigevano allegri ai più miti climi della pianura ancora verde. I tintinnii irrequieti dei campanelli lentamente riempivano l'aria ed un vago sentimento di tristezza si impossessò del mio animo. Una irrequietudine indistinta, moderno male di vivere, che da un po' di tempo coglie sempre più frequentemente questo mio debole corpo. Come un fiume carsico che scorre silenzioso per anni nelle profondità del nostro cuore, lontano dagli sguardi indiscreti della gente ed al sicuro, dalla nostra stessa coscienza, che, ad un certo punto, per un motivo imprecisabile, prorompe fragoroso in superficie, travolgendo tutto quel che trova sul suo cammino.

Dopo tanti anni di "normale e onesto" lavoro, giunto ormai ad un'età in cui forse ci si illude di vedere le cose con una certa chiarezza, superati i giovanili entusiasmi e le inquietudini romantiche legate alla incertezza di un avvenire ancora misterioso e accattivante, mi accorsi sgomento come, scrutando nelle pieghe del mio animo, rivivevo ancora intensamente quei sentimenti e quelle passioni che mi coglievano anni addietro, quando, fanciullo, corazzavo spensierato tra gli stessi boschi che allora quasi stentavano a riconoscermi.

Un riconquistato rapporto con la natura mi portava a vedere sotto una luce diversa questo mondo pastorale che in passato detestai profondamente, vedendo in esso solo gli aspetti deteriori di arretratezza, di ignoranza, di mancanza di "cultura". Chiamavo cultura in quegli anni solo la cultura ufficiale delle accademie e dei cenacoli letterali e salottieri. Non sapevo cogliere il nesso profondo che lega i popoli a ciò che più intimamente sgorga dalla loro singolare individualità, i valori essenziali ed unici della loro esistenza.

Mi resi improvvisamente conto che, rapito dai miei pensieri, mi ero inavvertitamente allontanato dal centro abitato e mi dirigevo lungo un polveroso sentiero di campagna.

Tanto tempo di vita cittadina mi aveva totalmente disabituato a trovarmi solo con me stesso, a cogliere nel mio intimo il senso riposto delle cose, scrutare nei profondi meandri della psiche umana alla ricerca di un segreto che spesso non ci avvertiamo neanche di possedere e tanto meno tentiamo di svelare. Un mistero dimenticato o forse sopito, che giace per anni, relegato, nel fondo del nostro animo, coperto da un oblio immemore che cerca di mascherarlo, nascondendolo ai nostri occhi e al nostro cuore.

Un cane, avvertito della mia presenza, si avvicinò abbaiando e mi corse incontro con fare rabbioso, pareva quasi che volesse avventarmisi contro e per un attimo fui tentato di voltarmi e scappare pur sapendo che così mi sarei esposto ancor più al suo attacco. Finalmente giunse da un casolare vicino un lungo fischio di richiamo ed il cane, come richiamato da un ordine perentorio, si acquietò improvvisamente, facendo rientro scodinzolando dal suo padrone.

Dopo pochi attimi comparve da dietro una roccia che sovrastava il recinto entro cui mi ero inavvertitamente inoltrato, un uomo vestito di nero che mi scrutava con curiosa attenzione.

Era un omone enorme ma di età piuttosto avanzata. Il volto allungato mostrava la pelle scura, bruciata dal sole. Le maniche piegate sopra il gomito scoprivano braccia possenti e mani incredibilmente grandi. Era il pastore che accudiva le pecore che allora, ridestatomi all'improvviso dal torpore in cui ero caduto, mi ritrovai pascolare attorno.

Con un brusco cenno del capo mi invitò a entrare in casa e mi offrì un bicchiere di vino nerissimo e dal sapore incredibilmente acre. Dalle poche parole che riuscii a fargli pronunciare scoprii che avevo davanti l'ultimo pastore rimasto in paese.

Tutti gli altri avevano venduto i greggi ed erano partiti per la città alla ricerca di un lavoro nella nascente catena industriale che si stava realizzando in pianura: una Imponente industria chimica che doveva elaborare materiale grezzo proveniente dalla penisola cui poi avrebbe fatto ritorno a lavorazione conclusa.

Entrai, così, in un rustico rifugio in pietra e seguii il pastore riimmergersi nelle occupazioni da cui la mia inattesa e forse inopportuna comparsa lo aveva distratto.

"Su cuile" era di dimensioni estremamente modeste, pochi metri quadrati ma interamente occupati da una enorme quantità di utensili dalle forme più disparate. La volta era ricavata da frasche intrecciate disposte sopra una struttura portante in massi, rozzamente squadrati ed ordinatamente sovrapposti a formare una sorta di atavico mezzo cono, fino ad un'altezza di circa due metri e mezzo.

All'interno del casolare si respirava un'aria satura ma al tempo stesso calda e rassicurante. Mi parve quasi di entrare in un piccolo nido, un dolce e tenero grembo materno in cui mi colse, intensissimo, il desiderio di sdraiarmi e rimanere immobile, in silenzio, protetto dal ritmo continuo di un grande cuore che batteva all'unisono con il mio.

Strani odori, forti e intensi ma piacevoli, si mescolavano tra loro, fondendosi allo strepitio sincero di un fuoco che, centrale, rischiarava l'interno con bagliori luminosi.

L'uomo, totalmente indifferente alla mia presenza, si accingeva alla più tradizionale operazione della pastorizia: la lavorazione del formaggio. Mi impressionò enormemente l'utilizzo di vecchissimi utensili di legno e di stagno dalle forme più diverse che il pastore adoperava con una maestria ed una sicurezza non comuni, ripetizione di gesti calcolati, precisi, sempre identici, uguali a sé stessi dalla lunga notte dei tempi.

Consapevole di essere di enorme disturbo decisi di dare il mio contributo all'impresa e tentare di lenire così il fastidio della mia inaspettata intrusione.

Pur nella mia ridicola imperizia diedi una mano al pastore che rimaneva sempre silenzioso, meticoloso ed attento nel suo lavoro antico e immerso in chissà quali impenetrabili pensieri.

Finalmente l'operazione fu conclusa e le forme di formaggio furono deposte sopra dei tavolati disposti in modo tale che per diversi giorni furono gravate da alcuni pesi per permettere la fuoriuscita del siero e favorire così la naturale compattezza del prodotto.

Per tutto il tempo non dicemmo una parola e mi resi improvvisamente conto di quanto l'abitudine alla solitudine avesse potuto temprare un carattere.

Colsi la enorme distanza che separava il mio vecchio mondo giovanile, dimenticato nei rivoli oscuri della mia lontana giovinezza, dalla vita che conducevo allora: un enorme, vociante e volgare palcoscenico in cui tanti burattini senza vita e senza anima recitavano a oggetto una parte loro assegnata senza che neanche rendersi conto della loro misera condizione di inesistenza.

- Perché - gli chiesi - non hai seguito gli altri e non sei andato anche tu a lavorare nella grande fabbrica in pianura? Forse che non vuoi anche tu vivere in città, avere una casa comoda, un lavoro pulito?

Ebbi a malincuore, ma troppo tardi per tornare indietro, l'impressione di aver lanciato un enorme macigno in un lago assolutamente immobile, ma ormai era troppo tardi per tornare indietro, e, quando i cerchi creatisi si spezzarono con veemenza inaudita sui nostri cuori, i suoi occhi scintillarono, lanciarono intensi bagliori di uno luce vivissima ed il suo viso, scarno ed abbronzato, assunse un'espressione di pena appena celata.

- Io ho sempre vissuto in questi monti, ogni albero, ogni pietra, ogni zolla di terra che tu vedi è impressa nella mia anima e fa parte indissolubile di me, lasciarli sarebbe come amputare i miei arti, cavare i miei occhi, trafiggere il mio cuore; l'intero mio sangue scorre tra queste terre selvagge. Esiste un cordone fortissimo che lega la mia vita a tutto questo e nessuno può spezzarlo, tanto meno una stupida fabbrica, il mio cuore non può vivere disgiunto dalle proprie membra. A volte mi sento come l'ultimo esemplare di una razza ormai destinata inevitabilmente all'estinzione ma non posso ingannare me stesso, non ci riesco, è più forte di me. E poi come potrei vivere tra fumo e cemento, come potrei stringere il freddo insensibile di un motore senza rabbrividire? No! Grazie! Preferisco scaldarmi al calore delle mie pecore, udire all'unisono i battiti del loro cuore agitato confondersi nel ritmico movimento delle mie mani che stillano dolcemente il latte della vita. E quando la brezza notturna accapponerà la mia pelle sarà ancora il contatto con le loro pelli che scalderà la mia anima, mentre lo scoppiettio delle braci risuonerà nell'area notturna ed il mio fiato si unirà a quello della terra che, dopo un giorno di sole, preparerà le piogge future. Se il mattino dopo una piccola goccia di rugiada cadrà sulla mia fronte saprò che il mio alito è ritornato alla terra ed io vivrò in essa ed essa in me.

Smise di parlare pensieroso e, dopo un lunga pausa, fece un movimento ampio della mano come per indicare un punto lontano che si perdeva all'orizzonte e poi, come infastidito da un pensiero invadente, il suo sguardo si abbassò con una tenerezza indescrivibile, mentre con la mano destra, lentamente, colse un pugno di terra e lo strinse forte portandolo alla propria bocca.

- Quando sulla luce fiocca della mia sera calerà il tramonto della notte, sarà qui che cadrò, in un abbraccio che accoglierà il mio corpo ormai appassito. Un frammento di stella brillerà più forte mentre il triste ululato di un cane si leverà alto alla luna e, forse, chissà, una lacrima d'amore bagnerà questa mia terra dove il mio cuore riposerà in eterno. Queste mie misere membra saranno nutrimento ad un fiore di campo che, timidamente, si affaccerà sulla vita che anche io avrò contribuito a donargli.

Il giorno volgeva ormai al termine e una sottile brezza spingeva lentamente su di mo pigri nuvoloni che assumevano le forme più fantastiche e bizzarre come aquiloni che volteggiano irrequieti tirati scompostamente do bimbi in corsa.

Gli oleandri in fiore si flettevano al vento quasi sospinti da una forza sconosciuta che spandeva attorno il profumo dolciastro dei loro germogli odorosi, mentre i miei passi affondavano dolcemente sulle fertili e tenere zolle solcate dal vomere. Era come se una natura misteriosa e selvaggia si stringesse forte a me e penetrasse con un impeto travolgente in ogni singolo poro della mia pelle.

Una specie di intima complicità sembrava avvolgere il mio animo pervadendo intensamente ogni più piccolo angolo del mio essere. Era una sensazione mai provata prima ed ebbi quasi l'impressione palpabile che un oscuro messaggio si dipanasse da ogni pianta, da ogni fiore, come un piccolo, delicato tocco di mano portato dal vento e dagli uccelli che cinguettavano sugli alberi, apparentemente indifferenti alla mia presenza eppure partecipi dei miei confusi pensieri.

5

IL POETA

Intanto, come spesso capita in estate, il tempo si era improvvisamente mutato ed i giochi fantasiosi degli aquiloni infantili si mutarono nel vorticare scuro di nubi impetuose che si addensavano minacciose all'orizzonte.

Un groviglio inestricabile di rami e foglie amplificarono il suono ritmico della pioggia che cadeva ed io, levato lo sguardo al cielo cercai di contare le minuscole gocce che bagnavano il mio viso.

Aprì le braccia e abbracciai avidamente la pioggia, aprendo il mio animo a un contatto intimo con tutto ciò che mi circondava.

Udii come una melodia che unisce il cuore di tutte le cose e fu come inserirmi in un flusso ininterrotto e continuo che dalle radici degli alberi attraversava il mio corpo e si dirigeva, in un canto di vita, verso le fronde grondanti di pioggia.

Sentii di esser parte di un organismo vivente ed il mio arido cuore all'improvviso colse il battito incessante di mille petti ed il mio sangue si immerse pulsante nella linfa vitale del creato in una sinfonia di voci e di colori cui io, per la prima volta, intimamente, sentii di appartenere.

Oh! notte, che riporti alla vita fantasmi nascosti, che ridai luce e vigore a quei miti dimenticati nel tempo, la realtà si scolora e l'oscurità si popola di oscuri esseri che riposano impazienti dentro i segreti profondi della nostra anima.

Oggetti misteriosi si animano e la natura stessa si desta dal suo sonnecchiare distratto per dar corpo e voce ai timori che albergano trepidanti dentro i nostri cuori.

La luce è ormai solo un pallido ricordo, lontano ed irreale. Solo all'alba questo irrequieto mondo sommerso si placa, le forme mutevoli ridiventano precise, le paure risvegliate si sopiscono nuovamente, i fantasmi della notte vengono riassorbiti in silenzio dalla torre mentre le ombre allungate scompaiono nel rumore molesto della luce. Riprende il triste sogno della vita.

I raggi nascenti del sole mi strapparono al sonno e, profondamente turbato, mi resi allora conto di essermi addormentato all'addiaccio, in una piccola radura tra un boschetto

di lecci e sugheri, di ritorno dalla mia passeggiata.
Sopraffatto da una carica di irrazionale e febbricitante emotività
che si librava ancora vibrante nella mia mente, rimasi inebetito,
incapace di prendere la decisione di alzarmi e staccarmi così da
quel mondo che pareva ancora stringersi forte a me, come un
sogno dimenticato che non riusciamo a ricordare al mattino ma
che sentiamo ancora intensamente dentro di noi.
Al vago sapore di un mistero scomparso si sostituisce,
lentamente, la amara consapevolezza di un nuovo giorno che
subentra alle fumose fantasie della notte.
Avevo le vesti bagnate dagli umori notturni quando, mentre mi
accingevo a riprendere il sentiero interrotto, comparve tra gli alberi
una strana figura di uomo seguito a breve distanza da un lupo.
Mi avevano detto in paese dell'esistenza di un poeta solitario che
viveva nei boschi in una casetta in legna da lui stessa costruita
circa dieci anni addietro. Una mattina giunse dall'est, con un
fagotto impolverato sulle spalle e, senza scambiare una sola
parola con alcuno, aveva acquistato un piccolo fazzoletto di terra
inaridita che nessuno aveva mai voluto e lì passava tutto il suo
tempo. Non parlava mai con nessuno e nessuno sapeva cosa
facesse o da dove provenisse. Non scendeva mai in paese se non
una volta la settimana per comprare carta, inchiostro e provviste.
La gente, superata la prima istintiva curiosità inappagata, si era
abituata a lui e non faceva più caso alle sue stranezze. Per tutti
era ormai il matto dei monte.
Si avvicinò e potei vedere chiaramente il suo volto. Era un uomo
alto, dal corpo estremamente esile, lo scarno viso olivastro
evidenziava gli occhi di un colore grigio chiaro che, come tizzoni
ardenti, lanciavano dei bagliori improvvisi, faville di un fuoco
vivissimo che arde e brucia sotto la cenere.
- Tu sei dunque lo straniero di cui tutti parlano.
- Straniero per loro, forse, che non mi hanno conosciuto, non certo
per le case o le strade che mi hanno visto bambino.
- Credi, forse, che questo sia sufficiente per sentirti a casa tua?
Siamo tutti stranieri. Ognuno rinchiuso nella propria gabbia. Ma ho
viaggiato per anni cercando un porto dove fermarmi, un camino
davanti a cui sedermi e scaldarmi il cuore, una fiamma
scoppiettante che mi facesse compagnia nelle lunghe notti
invernali. Ma era solo un sogno, un nuovo castello di Atlante,
effimera chimera che assumeva mutevoli forme e cambiava
sembianza ogni volta che credevo di averla raggiunta. Talvolta mi

parve di vedere, di capire, di essere, poi più niente, solo il buio, le tenebre, la notte. Alla fine ho sempre visto un unico, enorme dolore colorarsi di nuovi volti, di nuovi colori, sempre diversi, sempre eternamente uguali. Ma chissà, forse l'uomo sa ciò che cerca? Forse che un fiore non appassisce quando una mano lo coglie?
- Forse non hai cercato nel posto giusto. Spesso capita che ciò che abbiamo cercato per anni sia proprio lì, davanti a noi e non riusciamo a vederlo, basta che il sole rifletta i suoi raggi con una diversa angolazione e le cose mutano aspetto e ciò che appariva così distante appaia improvvisamente davanti ai nostri occhi.
- Invidio lo tua fanciullezza, uomo. Oh dolci inganni! Oh ingenuità di sentimento che si ripropone in eterno. Crudele fenice che rinasci ogni volta, rinnovata e ancora più cieca, dalle quelle ceneri funeste. Crescerai e capirai che non valgono sogni infantili o lacrime amare per impedirti di riconoscere te stesso. Quando il tuo animo errerà lontano ed il tuo sguardo vuoto si perderà all'orizzonte, ti sembrerà di vedere, nel cielo illuminato da un pallido sole autunnale, un piccolo e rado bagliore di luce rifulgere nello specchio argentato del lago. E se, per ventura o vaghezza, il desiderio dell'ignoto ti spingerà a guardare le acque immobili e chiare, scorgerai un'immagine riflessa che mostrerà i contorni segnati di un essere piegato tristemente su se stesso e starai lì, immobile, assente, a guardare il giorno che muore. E quando una piccola lacrima cadendo incrinerà quell'immagine sommersa di specchio, solo allora, in un momento, capirai con stupore di trovarti di fronte a te stesso e ancora una volta teneramente, ti perderai in quegli occhi scavati dal pianto.
La voce si levava potente ed assumeva tonalità e sfumature stridule ogni volta che il suo sguardo profondo, estremamente mobile ed irrequieto, si tuffava avidamente nel mio, quasi a volersi impadronire di me, a penetrare con insistenza in ogni recondita piega della mia coscienza.
Il lupo che era arrivato assieme a lui rimaneva in disparte, apparentemente distratto ma in realtà attento ad ogni mio minimo movimento. Annusava l'aria e spesso digrignava i denti incredibilmente lunghi ed aguzzi, quasi a voler scoraggiare ogni mio possibile tentativo di opporre resistenza alla fragorosa e travolgente fiumana che prorompeva impetuosa dal suo strano padrone.

L'alba luminosa spandeva attorno i suoi raggi che, riflettendosi
sulla rugiada che stillava sorniona dalle fronde tumide dei
mandorli in fiore, si spandevano sui corbezzoli rosati fino a
rifugiarsi negli antri odorosi dei cisti che si perdevano, incolumi,
nel mare fluttuante dell'erba sospinta dal vento.
- Io credo che l'attesa di un destino migliore, la speranza, sia pure
infondata, sia ciò che da un senso alla nostra esistenza. Il
sentimento dell'attesa, anche l'illusione di un qualcosa che deve
venire, è il solo mezzo che può salvare l'uomo dalla disperata
consapevolezza di un Godot che non arriverà mai. Destino
ineluttabile di una esile fiammella che si consuma lentamente
finché anche l'ultimo, tenue, rilucere si spegne perdendosi
inesorabilmente nell'oscurità; come un qualcosa che ti passa
sopra, vicino, e non ti sfiora neppure, ma tu, fiducioso, continui
ugualmente a coltivare la tenera illusione di un sogno. Il sogno è
l'unica realtà che ci resta. Il sogno, l'illusione, vive segretamente
dentro di noi. Non dobbiamo sciuparla. singulti soffocati, tremoli e
teneri germogli in una arida distesa senza vita. Ma questo eterno
deserto è tutto ciò che abbiamo; dentro di noi solo una struggente
malinconia, dolce compagna che da sempre cammina al nostro
fianco. L'Illusione non elude l'angoscia che vive in noi ma forse la
rende meno crudele. Ma tu chi sei?
- Io sono il Poeta, l'Uomo, il Dio maledetto che ride sul mondo.
Gioco con le parole e corro il mio tempo come una mano stanca
che conta sulle dita i nodi consumati di un rosario ormai logoro.
Costruisco preziosi ed leganti arabeschi che riflettono la luce
assorta e pensosa del mio animo, un intarsio misterioso che serve
solo a nascondere le paure e le angosce degli uomini che
rantolano ciechi nell'oscurità della vita. E' come un flusso malefico
che ci corrode anche l'anima, un manto crudele che avvolge e
penetra ogni cosa fin nelle viscere. Noi ci tuffiamo in esso nella
amara e sciocca speranza di riuscire così ad afferrarlo e
consumiamo la nostra esistenza come piante sradicate e gettate
al sole, oppure, che nascondiamo in un eremo segreto, in una
inaccessibile e luccicante torre d'avorio, chiudendo tutte le porte
sul mondo e sul nostro cuore, trascinando la nostra lenta agonia
in inutili tentativi senza senso, volendo fermare ciò che non si può
fermare, volendo capire ciò che non si può capire. E se talvolta
crediamo di afferrare qualcosa è solo un brevissimo attimo che
presto svanisce, un sogno che scompare infrangendosi solitario
sulla nostra coscienza lacerata, lasciandoci in ricordo solo una

grande amarezza, mentre un triste lamento si leva alla luna e si
perde silenzioso e piangente nella notte.
Finito che ebbe di parlare non attese neanche una risposta e,
senza curarsi minimamente della mia presenza, si girò su se
stesso e si diresse a lunghi passi verso il centro del bosco, mentre
il suo terribile compagno lo seguiva, guardingo, scodinzolando
come un innocuo, enorme, cane da salotto.

6

IL PAESE

Il sole era ormai alto all'orizzonte e, sentendo i primi morsi della fame, decisi di ritornare al paese ripercorrendo a ritroso la stessa strada che avevo seguito il giorno precedente. Dopo circa un'ora di cammino sostenuto, finalmente, cominciai a intravedere in lontananza i tetti sbiaditi delle prime abitazioni.

Giunto ai piedi della cinta muraria ormai semidistrutta dal tempo, attraversai, quasi intimorito, l'antica porta seicentesca che si levava, solitaria, alta e possente, dalle rovine malinconiche e pensose.

Quanto oltrepassai la soglia grigia delle pietre che, separate ai lati, si univano vigorose sulla sommità del vecchio arco secolare ebbi la strana sensazione di varcare l'immagine sbiadita di un mondo lontano, antico e polveroso, sommerso dal dilagare furente del tempo. Un fiero guardiano che ammoniva un nemico atteso inutilmente per tanto tempo, un nemico misterioso che esisteva ormai solo nei suoi pensieri o forse unicamente nei suoi desideri. Antica vestigia di una memoria ormai offuscata in cui il castello, ultimo baluardo della civiltà, rappresentava l'unica difesa alle continue invasioni barbaresche che dalla valle sottostante si propagavano violente come un morbo contagioso che distruggeva ogni cosa.

Il nuovo nemico era molto più terribile dei precedenti, non era la torma distruttrice e rumorosa dei mori invasori, non gli attacchi cruenti e furiosi dei razziatori, non lo strepitio iroso dei cavalli lanciati al galoppo, ma il silenzio, la quiete, il tempo che lentamente ma inesorabilmente corrodeva gli animi, penetrava in ogni pietra fino a levigarla, a vuotarla e trasformarla in minuscola polvere. Il vento che disperdeva per la valle ogni piccolo granello di vita. La pioggia che lavava la roccia ed i cuori lasciando dietro di se solo il vuoto ed il silenzio.

Decisi comunque di trascorrere qualche ora in un vecchio albergo. Ero terribilmente stanco e, dopo che una distratta cameriera mi servì la colazione senza neanche alzare il suo sguardo pigro su di me, mi avviai verso la camera assegnatami.

Ricordo che non mi soffermai neanche ad osservare il suo interno, individuai subito un letto rifatto da poco ed il profumo di tiglio che mi parve esalare dalle sue lenzuola è il solo ricordo che conservo di quella stanza.

Quando mi risvegliai mi resi conto che era già ora di pranzo, mi alzai, scesi al piano inferiore e, consumato velocemente un pasto, mi immersi ancora ansioso in quei flutti spumosi che dalla mia memoria sgorgavano impetuosi riversandosi con fragore su tutto ciò mi circondava.

Provo ancora una sensazione strana, ripensando a quei giorni, nonostante fosse trascorso tanto tempo, il ricordo delle vie, delle case, dei monti era ancora vivo ed intenso in me, delle persone invece, che necessariamente dovetti frequentare nei primi anni della mia fanciullezza, niente, neppure il più piccolo ricordo, buio completo, come se qualcuno avesse avuto cura di cancellare nei minimi particolari ogni minuscolo dettaglio che avesse potuto ricollegarmi anche minimamente a un viso familiare o ad un nome conosciuto.

Tutto nel paese era rimasto invariato, esattamente come era prima che i miei genitori decidessero di abbandonare questo piccolo borgo sperduto tra i monti e si trasferissero in una grande città del nord, bellissima, enorme nei suoi viali alberati, nelle sue ampie strade, ordinata, precisa, calcolata, ma tutto intorno solo fumo e cemento, non un albero, un uccello, non un filo d'erba tra la strada e quell'odioso marciapiede sempre troppo stupidamente pulito. Forse per questo, inavvertitamente, mi ritrovai sempre a lasciarmi alle spalle le le strade asfaltate, le case in cemento, e perdermi felice per ore tra i sentieri sterrati, fangosi e contorti di una natura ancora capace di esprimersi in assoluta libertà.

7

IL PICCOLO ASINELLO

Il sole ora ancora basso all'orizzonte, le nuvole si coloravano di un grigio perla dalle sfumature rossicce e il riverbero dei raggi obliqui disegnavano scenari fantastici. La fantasia regnava sovrana e la durezza della vita sembrava quasi un ricordo, lasciando il posto ad una esistenza fanciulla, libera ancora di sognare, libera ancora di illudersi, ancora una volta, immemore delle delusioni del passato e delle fatiche inutili di ogni giorno.

Il paesaggio era meraviglioso, quasi magico; la realtà mi sembrava immersa in una sorta di fiaba, la natura mi appariva in tutta la sua incontaminata bellezza, come incantata.

Non un soffio di vento. Non voce di uomo. Solo un silenzio pacato, misterioso, lontano dal trambusto assordante della civiltà.

Ebbi quasi la tentazione fermarmi e stare lì, fermo, immobile, per paura di far rumore e disturbare quella quiete assoluta, spezzando l'incanto e la magia che aleggiava palpabile nell'aria cristallina. Continuai però a camminare silenzioso, in punta di piedi, trattenendo lentamente il fiato nel timore religioso che la mia presenza, goffa ed maldestra, potesse all'improvviso infrangere e dissolvere questo equilibrio mirabile di sogno. In realtà non so ancora perché presi il treno. Niente mi legava più a quei posti ormai se non il ricordo lontano della mia giovinezza ormai sfiorita.

Fu come un atavico richiamo alle origini, un tuffo nella memoria, alla ricerca forse di un filo sottile, spezzato o smarrito nel mio cuore, un filo che non ricordavo più di possedere sommerso da una coltre di polvere e di oblio che da anni mi attanagliava l'anima.

Rivedendo quegli imponenti bastioni naturali, che furono cornice alla mia vita da ragazzo, mi parve ancora di scorgere in essi una complicità perduta, una allegra strizzata di occhi come uno sbattere d'ali nel cielo stellato in una lontana notte di primavera.

Ho sempre pensato che nessuno sceglie di nascere in un posto anziché in un altro, capita e basta, nessuno lo decide ed il luogo è affidato unicamente al caso. Forse però mi sono sempre inganno e, forse, ogni essere è fortemente legato nel suo intimo alla terra che gli dà i natali, una sorta di simbiosi che spesso non sappiamo di vivere ed attraversiamo tutta la nostra esistenza con una ferita mal celata nel cuore che sanguina lentamente, e che non riusciamo mai a tamponare completamente.

Da bambino pensavo di avere un rapporto privilegiato con quelle immense, vertiginose pareti rocciose che si ergono a picco su uno sparuto gruppuscolo di case quasi a voler contendere ad esse il primato e la dura caparbietà della sopravvivenza in condizioni disumane.

Durante le notti d'estate, quando lentamente mi assaliva la noia ed il tedio della vita di provincia soffocava ogni mia più intima vitalità, il mio sguardo, come una disperata richiesta d'aiuto, si levava verso l'alto e solo la visione di quei poderosi bastioni naturali, immobili nella loro maestosa e quieta grandezza, mi ridava fiducia nella vita che già da allora mi pareva vuota ed insignificante. Vedevo nelle mie rocce una presenza amica, come un fratello maggiore che mi proteggeva dall'alto e mi teneva per per mano. Ed io, fiducioso, mi abbandonavo, sicuro, tra le sue mille increspature e mi lasciavo guidare nel pallore della notte, fuori e dentro di me.

I miei passi risuonavano lenti e sordi ed il suono si perdeva rocco nell'aria carica di vecchi ricordi. Attraversai un piccolo ponte in pietra, probabilmente di origine romana, e, all'improvviso, scrutando tra le piastre di pietra corrose e levigate dal tempo, mi ritornò alla mente un frammento di vita passata come un folletto irriverente e beffardo che si destava imperioso dal fondo melmoso della mia memoria.

Quando ancora giovinetto mi aprivo al grande mistero della vita, sovente mi capitava di ripensare ad un episodio che poi, per tanto tempo, ha turbato le mie notti di fanciullo e di uomo, e tuttora, nelle notti di luna piena, quando l'anima è più disposta alla malinconia, mi pone interrogativi pesanti cui, ancora, non so dare una risposta chiara.

Ero un bimbetto di sette od otto anni, quando, camminando distrattamente nella via, rapito ed immerso nella fervida fantasia in cui i sogni infantili si tramutano in realtà e la realtà rimane, invece, sfuocata e confusa, distante, quasi relegata in una dimensione fantastica di fiaba, mi avvicinai al vecchio ponte di pietra che permetteva il passaggio sul piccolo rio che attraversava interamente il paese per perdersi poi riversandosi nella valle sottostante.

Le imprecazioni volgari di un uomo mi strapparono al mio favoloso fantasticare e subito un impeto misto di rabbia e di sdegno si impadronì del mio piccolo essere. Un esilissimo asinello, interamente sommerso di enormi ceste, che piegavano vistosamente la sua schiena magra ed ossuta, si era fermato risolutamente ai piedi del ponte e, per una inspiegabile ragione, non voleva saperne di attraversarlo. Si rifiutava di muoversi con tutte le sue forze, e il suo padrone, un omone enorme con un lungo bastone nodoso, lo massacrava impietosamente di botte. L'animale, però, indifferente al dolore, caparbio ed irremovibile nella sua strana decisione, puntava gli zoccoli sulla polvere e sbuffava rumorosamente. Come una statua di carne e muscoli tesi e vibranti sotto il peso assurdo della vita rimaneva assolutamente immobile, non avanzava di un solo passo, anzi muoveva la testa ed agitava furiosamente la coda, quasi a voler finalmente reagire alle randellate con la superbia che non aveva mai mostrato in tanti anni di umile e paziente lavoro.

Era una calda giornata d'agosto ed il cielo limpido e turchino sembrava quasi scolorirsi in lontananza rarefacendosi in una linea sottile che, imprecisa, si distendeva lontano sull'orizzonte, abbracciandosi con la terra in una fusione profonda di vita e di morte. Il sole cadeva a picco e la calura eccessiva innervosiva ulteriormente l'uomo che, paonazzo dall'ira, picchiava furiosamente il piccolo animale colpendolo con una violenza inaudita.

I colpi del bastone risuonavano sul corpo dell'animale come un sordo e lugubre tamburo ed il suo lamento si perdeva alto nell'aria afosa mentre la gente, crudele e indifferente, continuava a camminare, insensibile a quanto stava accadendo.

Il pelo lucido della bestia si colorava lentamente di rosso ed il sudore colava copioso sulle pietre levigate del ponte mescolandosi al sangue ed ai frammenti di pelle che ogni frustata staccava crudelmente da quel misero corpo ansante.

Io rimanevo lì, immobile, impietrito, incapace di muovermi. Avrei voluto urlare ma anche le grida non riuscivano a uscire dalla mia gola. Un terrore incontrollabile mi teneva inchiodato ai bordi del ponte finché vidi lo sguardo triste e fermo della bestia che si trasfigurava, nella mia eccitabile fantasia di bambino, nell'immagine suprema del dolore e del disgusto che poi, per anni, sempre mi colse al ricordo di quella assurda e matta bestialità.

Un brivido di freddo mi attraversò la schiena e sentii, lentamente,
una strana sensazione di umido e di caldo che mi rigava il volto.
Un sussulto soffocato mi attanagliava la gola, ed il respiro,
pesante, costringeva il mio esile petto a movimenti improvvisi e
rotti; una piccola lacrima, cui ne seguirono molte altre, cadde
tristemente ai miei piedi.
Proprio in quell'attimo un sospiro pesante si levò al cielo ed il
piccolo animale, stremato, abbandonò ogni resistenza e si
accasciò al suolo. Il suo corpo stanco cadde sul ponte, su quel
breve tratto di pietre che la follia od il coraggio non gli aveva
permesso di attraversare.
Tuttora, a distanza di anni, non sono ancora riuscito a capire chi,
in quel frangente, fosse stato l'uomo e chi la bestia. Un'oscura
profezia che segnò profondamente tutta la mia vita futura.

8

L'ARTISTA

Attraversato il ponticello, percorsi l'intera stradetta e mi ricollegai alla parte più antica del paese, un sorta di acropoli nostrana quasi interamente distrutta e disabitata ormai da decine di anni. Le case, abbandonate dopo la grande inondazione del secolo scorso, si ergevano silenziose e tristi in posizione rilevata rispetto al nucleo successivo delle abitazioni che si estese poi lungo la vallata sottostante. Le case, in parte crollate e in parte ancora parzialmente integre, si susseguivano lungo una stretta via ancora comodamente percorribile.

Un raggio di sole, filtrato dalle fronde di una acacia mossa dal vento, disegnava strani e multiformi disegni che si riflettevano enigmatici sulla parete di un edificio della cui dimenticata nobiltà rimaneva solo un vecchio rudere e la fantasia malata di un povero viandante. Da un vecchio rosone in ferro battuto, corroso dal logorio indiscreto e inesorabile degli anni, una leggera brezza mi scompiglia i capelli.

Ogni pietra, ogni casa, ogni angolo di strada pare quasi richiamare dalle tenebre lontani rumori, ridestare con nostalgia le voci dei suoi antichi abitanti ed il cigolio di una porta sospinta dal vento riaccende per un attimo la vita.

Da ragazzo amavo enormemente passeggiare tra quei muri diroccati, le case vuote sembravano farmi compagnia e ciò che per gli altri era un luogo triste da cui scappare via velocemente, o al più una bizzarra e tetra attrazione turistica, per me era invece un luogo magico e misterioso in cui dialogare assorto con me stesso e col tempo.

Camminavo per ore tra le case vuote e mi soffermavo ad osservare con attenzione ogni minimo particolare che potesse attirare la mia attenzione. Vedevo ancora le donne correre, indaffarate, prese dalle mille occupazioni quotidiane, gli uomini che si levavano all'alba per recarsi al duro lavoro dei campi o arrampicarsi tenacemente tra le impervie montagne ad accudire, preoccupati, il bestiame lasciato incustodito.

Erravo così, vagando senza meta, immerso nei vicoli strettissimi, tra i muri ingialliti, intrisi degli umori della vita e le pietre affioranti alle pareti da cui il tempo impietoso ed i vapori saturi della notte avevano corroso lentamente l'intonaco, quando il ritmico martellio di uno scalpellino si sovrappose ai miei pensieri.

Seguii il rumore in lontananza come attratto da un lontano ed irresistibile richiamo. Come un navigante che sente di lontano le dolci melodie delle sirene ed il loro canto si insinua mellifluo nella sua mente fondendosi coi desideri più segreti, i sogni più intimi da sempre accarezzati, da sempre vanamente inseguiti.

Arrivai alla fine della via e, voltato l'angolo, oltrepassai con timore un arco schiacciato che si levava stanco tra due pareti che si poggiavano, cadenti, quasi a voler scongiurare, con un atto di supremo orgoglio, un crollo ormai imminente.

All'interno di un loggiato, oltre una apertura appena celata dalle fronde tristi e piegate di un salice, un ragazzo dall'aspetto inquietante si agitava, febbrile, ai piedi di una grande scultura che si ergeva imperiosa a troneggiare in un piccolo cortile.

Attraversai incuriosito la distanza che mi separava dalla scultura ancora non ultimata, e mi ritrovai all'interno di un androne al lato della vecchia strada principale.

Sa corte era quasi interamente sommersa da scaglie di pietra. Sculture dalle forme più svariate erano ammassate alla rinfusa un po' ovunque a ricoprire quasi completamente l'intero spiazzo invaso da erbacce e da enormi blocchi in granito ancora squadrati e grezzi da cui la fantasia e la creatività divina dell'artista sa estrarre forma e vita. Le scaglie di pietra si staccavano, furiose, dalla massa di granito grezzo confondendosi con le gocce di sudore misto a polvere che colavano pesantemente dalla fronte corrugata del giovane scultore.

Di tanto in tanto il ragazzo levava lo sguardo al cielo, scrutava la sua opera, e guizzi di lucida follia sprizzavano con un bagliore sinistro dai suoi occhi inumiditi che si chiudevano in un sorriso appena abbozzato, smorzato sul nascere come una smorfia di dolore che, con enorme sforzo, assumeva sembianze vagamente umane. I capelli, crespi e lunghi, gialli come il grano maturo, si agitavano scompostamente a cornice di un viso scarno ed allungato in cui la giovane età era tradita dalla espressione malinconica degli occhi di mare offuscati dal volo irregolare di un gabbiano impazzito.

I cambi repentini di direzione, il battito continuo ed ossessivo delle ciglia lunghissime, come a voler scacciare un immagine molesta che pareva infastidirlo, quel tremolio continuo delle labbra carnose, riflettevano un fremito inquieto, un travaglio dell'anima che evidenziano un palese stato di febbrile agitazione interiore. Pareva una bestia in gabbia che si guarda attorno come a voler trovare, furioso, un via di fuga. Un palpito indomito in un cuore in tumulto; un irrompere violento e travolgente di energia che i miseri argini della debole ragione non riuscivano a contenere e, travolta alfine ogni vana resistenza, assistetti al fragore spumeggiante ed impetuoso delle acque in piena che precipitarono libere negli abissi dell'ignoto. Un ruggito troppe volte represso che si levava potente ad infrangere le catene inumane che, ora, spezzate, risuonano ridicole nello stupore attonito del loro triste e doloroso ricordo. Lo sguardo, vigile ed attento, aveva dei guizzi improvvisi di vitalità che lasciavano ancora trasparire una originaria bellezza passata per meandri contorti ed angusti in cui ogni quieta passione era andata irrimediabilmente perduta.
Rimasi lì, immobile, a guardarlo non so per quanto tempo, incapace di avvicinarmi od andar via, nascosto timidamente nell'arco antico, come una foglia d'autunno che osserva silenziosa la terra ai suoi piedi nell'attesa pensosa di un tenero abbraccio che accoglierà nel suo seno la sua breve esistenza.
Il lento lavoro del giovane alternava momenti di totale follia a momenti in cui la ragione pareva riprendere faticosamente il controllo.
La sua mano sinistra stringeva con forza lo scalpello mentre con l'altra assestava furiosamente dei rovinosi colpi di martello sulla scultura in granito che cominciava ad assumere la forma, ancora imprecisa, di un uccello, forse una rondine o un gabbiano, che spiccava il volo senza riuscire però a liberarsi da un'enorme serpente che la avvinghiava ironico, bloccandola tenacemente per una zampa.
La scultura procedeva con estrema lentezza, tale che non sono certo che il soggetto fosse in realtà quello che mi era sembrato inizialmente. Lo scultore, infatti, nei momenti di lucidità (o così mi parve) seguiva l'andamento regolare dei corpi scolpendo le forme con precisione e perizia, avendo cura di definire minuziosamente i contorni della sua opera; ma a questi radi momenti in cui l'ebbrezza creativa soffocava il tumulto irrefrenabile delle passioni che sconvolgevano il suo cuore, seguivano esplosioni violente di

collera in cui il ragazzo assumeva un aspetto sinistro di allucinata
e furiosa pazzia. Allora la linearità delle forme e la nitidezza
dell'immagine scolpita era stravolta da un susseguirsi, improvviso
e furente, di martellate scomposte che distruggevano quasi
completamente quanto creato in precedenza.
E così, immerso in questa specie di scultorea tela di Penelope,
vidi sbocciare e appassire la rosa umana del genio e a follia.
Proprio nel momento in cui la rondine o il gabbiano pareva essere
sul punto di spiccare il volo, il vento soffiava tra le piume poste e
le sue ali già fremevano tese nello sforzo immane di librarsi
nell'aria tersa, appariva la stretta vile e crudele del serpente che
soffocava con forza il debole ed inutile anelito di libertà.
Era in quei attimi che si assisteva alla metamorfosi del giovane
scultore. Il suo viso si contraeva in uno spasimo terribile che
scolpiva nel suo aspetto giovanile tratti di incredibile durezza.
I muscoli della mascella si contraevano vibranti in un sorriso
amaro e sardonico; mi pareva allora quasi di cogliere un vago
barlume di amara e triste consapevolezza. I suoi occhi, ammantati
di pianto, esprimevano come un segreto struggimento che gli
corrodeva l'anima e gli annebbiava il cuore e la mente. Dramma
solitario di un fragile fiore di serra che si consuma malinconico
dietro il triste cristallo della vita.
A questo feroce impeto distruttivo seguivano momenti di profonda
ed assoluta prostrazione. Il ragazzo stramazzava al suolo
spossato e la sua foga inconsulta si tramutava in un pianto rotto e
disperato. Il suo pomo d'Adamo aveva dei sussulti continui come
un nodo angoscioso che gli attanagliasse con forza la gola, faceva
sobbalzare il suo petto e rendeva franto e spezzato il suo respiro.
Il sogno impossibile di libertà era ormai sfumato e lui rimaneva lì,
solo, chino in mezzo al piccolo cortile, il suo cuore grondava
sangue mentre i suoi pugni stretti battevano sconsolati e furiosi
sulla terra umida di pianto. Tutto il suo essere fremeva e vibrava
penosamente come un una vela gonfia e travolta da un vento
eccessivo. Eterno prigioniero tra mura invisibili.
Di fronte la statua si ergeva maestosa e pareva lo guardasse con
un misto di tenerezza e di umana compassione. Testimone forse
inconsapevole di dolci e cangianti illusioni che mutano sempre il
loro ambiguo volto di offerta ingannevole in delusioni crudeli e
sconsolate: sogno inappagato, eterno e mai risolto contrasto tra
l'eterno che ci illumina e l'effimero che ci nutre e ci squarta.

Quante volte mi sono scoperto scultore nell'alternarsi malinconico e crudele della speranza e della delusione, del sogno e della realtà, tra esaltazione e frustrazione. E quante volte mi sono ritrovato solo in mezzo ad una piazza, con nel cuore solo una grande amarezza e una voglia incontenibile di sedermi ai lati della via e piangere liberamente.

9

IL SACRIFICIO

Le lunghe ombre della notte calavano lente sulla strada ormai deserta. La luce tremula del giorno morente cedeva il passo ai pensieri assorti e inconfessati mentre disegnava forme misteriose ed allungate che si sviluppavano silenziose, insinuandosi dolcemente negli animi ormai disposti al riposo, colmando il cuore stanco di un tenero presagio di quiete e di pace. Quando alla sera l'animo umano si rivolge malinconico al tramonto è come un velo sottile che cala e si frappone teneramente tra il nostro piccolo cuore e la realtà immensa che ci circonda. Il mondo si trasfigura ed i contorni delle cose sembrano quasi deformarsi di fronte alla notte che avanza. Assistiamo impotenti ad una sorta di metamorfosi che, dopo un giorno passato troppo in fretta, pieno di ansie, di frustrazioni, di inutili e folli corse solitarie per strade affollate, ci consegna ansanti nelle mani minute e amorevoli di una vecchia e dolce signora.

La donna ci guarda serena negli occhi, non dice una parola, ma il suo viso esprime chiaramente quello che nessuno è mai riuscito a dirci, ci prende per mano e, liberatoci dal nostro pesante fardello, ci conduce sicura in un mondo sconosciuto di pace e di calore. E quando la luce inopportuna dell'aurora scioglie le ombre della notte, ed il nostro cuore, ammantato e protetto dalla rugiada notturna, si scopre improvvisamente nudo e solo di fronte ad un nuovo tramonto, sarà solo il ricordo impreciso di una vecchia e dolce signora a darci la forza ed il coraggio di iniziare immemori un nuovo viaggio.

E' strano come nei sogni il tempo scorra su binari indipendenti, non esistono i giorni, gli anni, le ore con il loro ritmico succedersi sempre uguale, ma ogni avvenimento si sussegue con un ritmo autonomo, ed ai giorni seguono ancora altri giorni e nella stessa ora assistiamo alla notte e al giorno e poi, magari, nuovamente al giorno ed alla notte senza soluzione di continuità.

Sembra quasi che il tempo interno del nostro cuore prenda finalmente il sopravvento sul noioso tempo ufficiale, e i nostri pensieri, le nostre emozioni si sviluppino in assoluta libertà, al di

fuori di stupidi schemi costituiti, non limitati neppure dalla
scansione rigida e crudele del tempo.
Forse è per questo che amo così tanto sognare. Rapito dai miei
ricordi proseguii il mio cammino e, lentamente, senza avere la
minima idea di dove mi trovavo e, ancor meno, dove mi
conduceva questo mio continuo peregrinare senza senso, mi
apprestai a salire un'erta che mi si prospettò dinanzi
all'improvviso.
Una lunga fila di olmi giganteschi mi tenevano compagnia mentre
centinaia di cespugli di corbezzoli, ginestre, oleandri in fiore e
piccoli ginepri contorti e nodosi facevano da sfondo a distese di
asfodeli che si libravano leggeri in quel verde mare come farfalle
su una distesa odorosa e viva di fiori di campo.
Giunto sulla cima del colle notai in lontananza uno strano
movimento. Incuriosito decisi di avvicinarmi senza essere visto.
Procedetti lentamente e con attenzione fino a raggiungere un
boschetto di lecci che, con la loro folta vegetazione mi
permettevano la vista occultandomi al mondo. Vidi così un uomo
che stava compiendo dei gesti misteriosi e ieratici vicino a non so
bene che cosa, mi sembrò una grossa pietra od un tronco su cui
stava disteso qualcosa o qualcuno.
Ebbi l'impressione di osservare una funzione religiosa o un rito
magico o qualcosa del genere. Un uomo, ministro di un culto
misterioso, sopra un rustico altare, parcamente addobbato, era in
procinto di compiere o celebrare qualcosa a cui, dai movimenti
che compiva, con misurato e sacerdotale sussiego, pareva
attribuire una estrema importanza.
Per l'ennesima volta non capivo cosa stesse accadendo e decisi
di spostarmi con cautela, dirigendomi verso un fitto cespuglio di
cisto che, più vicino, mi permetteva una visione più chiara dello
strano rituale che pareva compiersi davanti ai miei occhi.
Raggiunta la mia nuova postazione mi parve di intravedere
sull'ara sacrificale qualcosa che si agitava scompostamente: forse
un animale da immolare in sacrificio per placare la sete di sangue
di una qualche crudele divinità d'altri tempi.
Il sacerdote aveva movimenti lenti e ieratici, ma da ogni suo gesto
traspariva uno struggente dolore che si propagava tutt'intorno con
sottili vibrazioni che il vento, dopo mille turbinii tra i cisti e gli
oleandri in fiore, conduceva gravemente fino a me.
Il sole era alto nel cielo e rade nuvole attraversavano i suoi raggi
lucenti interrompendo per un attimo appena quel tenue contatto

che pare unire talvolta la luce solare con i misteri inconfessati della terra. Il sacerdote pareva totalmente immerso nei gesti rituali della strana cerimonia che si apprestava a celebrare. In quel momento vidi distintamente che l'animale, che mi era sembrato di intravedere all'inizio sopra l'ara, era in realtà non una bestia ma un uomo. Un uomo in carne e ossa che si dibatteva e si agitava scompostamente con tutte le sue forze, in preda ad un pianto disperato e legato con delle corde alla roccia. Ma ciò che più di tutto mi colpì fu che il suo carnefice non faceva nulla per offenderlo o ferirlo, non pareva nutrire particolare odio verso la sua vittima ma, al contrario, gli asciugava con amore le lacrime che sgorgavano copiose dai suoi occhi. Accarezzava con tenerezza il suo capo, riassestandogli i lunghi capelli, e gli teneva forte la mano, come per infondergli coraggio, per rassicurarlo che tutto andava per il meglio.

Continuavo ancor di più a non capire, ad ignorare il senso di tutto questo e, col timore di essere scoperto, non sicuro di essere ancora nella mia era o di essere, per un qualche capriccio del tempo, precipitato in un orribile rigurgito di medioevo, decisi, sgomento, di allontanarmi e fuggire il più velocemente possibile da tutto quell'orrore. E fu allora, mentre ormai mi volgevo indietro, deciso a non pormi domande o cui non potevo dare risposta, che con la coda dell'occhio assistetti impietrito all'epilogo della terribile cerimonia. Il sacerdote con un movimento lento e sofferto sollevò in aria un lungo pugnale. Un pezzo di sole si rifletté debole sulla lama levata, lanciando bagliori sinistri di morte. E mentre il colore del cielo si perdeva in una piccola goccia di luce che parve sgorgare dai suoi occhi luccicanti, dopo aver ancora una volta guardato con assurda tenerezza la sua vittima, l'arma sprofondò nel petto ansante della vittima sacrificale e la lama, avida di sangue, si immerse leggera e crudele nel suo cuore palpitante. La luce del giorno parve per un attimo oscurarsi e proprio in quel preciso momento una nube sottile ma densa si frappose decisa tra il cielo e la terra, quasi a significare l'oscura consapevolezza che il sacrificio era ormai compiuto interamente. Mentre non riuscivo ancora a capacitarmi di quanto stava accadendo, interamente travolto in un vortice di emozioni da cui non riuscivo a liberarmi, mentre la mia mente ed il mio cuore si dibattevano impietriti nel più assoluto sgomento, vidi il sacerdote stramazzare pesantemente al suolo. Sgomento si unì a sgomento, il terrore, la paura si riversarono increduli e stupefatti nel più assurdo ed inspiegabile mistero. La vittima parve quasi confondersi con il carnefice e se il primo esalò il suo ultimo respiro, il secondo crollò esanime privo di quella stessa vita che aveva appena tolto. La quieta luna serale, immobile nel cielo, riluceva attonita di uno strano e sinistro colore e se il primo viso si stinse colorando la morte di bianco, dal corpo del secondo si intravide il riflesso opaco come di un liquido scuro e denso, come pallido umore notturno che stilla dolcemente da un petalo di rosa reciso bruscamente da un soffio eccessivo di vento. Fu come il crollo improvviso di un muro, un antico bastione che rovinosamente mi precipitò addosso stritolandomi tra i massi e l'angoscia: ristetti così immobile, impietrito e raggelato per non so più quanto tempo immerso in un torpore incosciente e sgomento dal quale non sapevo o non volevo liberarmi. Ma anche l'orrore più disumano col tempo diventa rassegnata e sorda abitudine.

Il cinguettio stridulo di un'upupa mi riportò tristemente alla aborrita realtà e con un nodo che mi attanagliava la gola impedendomi il respiro, decisi di abbandonare il mio rifugio e recarmi sulla scena del terribile rituale. Percorsi la distanza che mi separava dai corpi ormai privi di vita nella più assoluta incoscienza, senza rendermene conto, senza la minima percezione di ciò che mi stava attorno e, come precipitato in una stanza medievale degli orrori, mi ritrovai davanti all'altare. Su di esso, con una smorfia sul viso contratto dal dolore di un addio senza rassegnazione, era riverso un piccolo uomo dal cui petto si ergeva in tutta la sua crudele e muta potenza un lungo e sottile coltello di fattura orientale. Tutto sembrava irreale, fisso nella immobilità eterna dell'assurdo e dell'inspiegabile; solo il sangue a comprova della tangibilità dell'evento conferiva alla terribile scena la triste concretezza della dura realtà. A pochi passi dal primo corpo, un altro cadavere si adagiava di lato sull'erba, quasi con molle delicatezza, pensai all'assassino e più dell'orrore poté la curiosità che mi spinse ad avvicinarmi e voltarlo. Non so se il mio viso espresse adeguatamente lo stupore che provai quando vidi in faccia il mio uomo, credo solo che non dovette passare molta differenza tra me ed il pallore esangue della morte che mi stava davanti. Erano la stessa persona. I due cadaveri erano uguali e gli stessi occhi spenti dell'uno si fondevano nell'espressione addolorata e vitrea dell'altro. Due corpi uniti dallo stesso destino e dalla stessa anima che ormai li aveva entrambi abbandonati.

Di ciò che seguì ricordo solo che scappai via il più velocemente possibile, senza cercare minimamente di dare una spiegazione razionale a quanto avevo appena visto. Avevo solo voglia di scappare lontano e di dimenticare. Il terrore e la tensione che mi avevano assalito finalmente si allentarono e credetti, mentre il respiro pesante si distendeva e riprendevo nuovamente fiato, distante dalla assurda follia dell'esistenza, di aver fatto un terribile sogno.

10

LA TOMBA

Ormai lontano dal dubbio sinistro della mia coscienza, inseguendo la speranza e la gioia di un brutto sogno dimenticato, mi ritrovai inavvertitamente dinanzi al cimitero del paese, un piccolo fazzoletto di terra che racchiude con discrezione e rispetto il lugubre inventario delle vite passate. Sogni spezzati improvvisamente dalla morte o appassiti lentamente, consumati tristemente dallo scorrere continuo e purificatore dell'acqua che fluisce eterna ed insondabile nel fiume sotterraneo che scorre silenzioso sotto l'abitato.

Schiere di alti cipressi, quasi una richiesta disperata di aiuto che si leva fiduciosa dalla terra e si perde sulle soglie della notte, verdi e impassibili guardiani del tempo che nel loro lento e melodico oscillare, sospinti dal vento di scirocco, si levavano paterni a difesa delle estreme vestigia delle mille generazioni che si sono succedute nel mondo segnando con il loro dolore e le loro speranze le vie che oggi anche noi percorriamo, seguendo a nostra volta un cammino che altri percorsero e che in futuro altri, forse, ancora percorreranno.

Forse non esiste altro posto al mondo dove si colga con altrettanta chiarezza la realtà più autentica della natura umana, dove l'occhio attento e vigile del veggente possa penetrare nei misteri più bui ed imperscrutabili dell'umanità, dove la tenacia e la forza quasi divina si fondino con maggiore e dolorosa dolcezza con i limiti più oscuri dei propri amari confini. Come quando un bimbo troppo piccolo si intestardisce con accanimento nel voler fare qualcosa che non è ancora in grado di fare e, dopo mille, inutili tentativi, tra lacrime e urla disperate, leva il capo al cielo, e attraverso gli occhi velati di pianto vede il volto della madre che lo guarda con amore, illuminandolo e scaldandolo con la dolcezza e la tenerezza del suo sorriso dolce e rassicurante.

Era un vecchio cimitero, le fosse si susseguivano regolari nel terreno gravate duramente dalla terra, cariche di povere e di nude croci in legna che: recavano incise in cima la misera testimonianza di una vita finita, un filo esile e sottile di speranza, ormai reciso e forse già dimenticato.

Se ti fermi un attimo ad ascoltare e chiudi gli occhi, tutto scompare, tra impercettibili e lievi vibrazioni puoi cogliere la dolce musica del silenzio, scompare il rumore ed il caos alle tue spalle, ti sembra quasi di entrare in una nuova dimensione, di essere alle porte di un mondo sconosciuto e misterioso che è sempre stato ma di cui, in tanti anni, non hai mai sospettato l'esistenza. Tutto intorno solo il rumore soffuso del vento che spirava irrequieto, turbinando, irriverente, tra i tumuli pietosi. Sembrava quasi di sentire voci lontane, sospiri e richiami appena sussurrati che esalavano lentamente dalle profondità della terra tra il verde perenne dei viali ombrosi e deserti, e le mille timide fiammelle della morte che divampavano improvvise per poi scomparire subito dopo. Ed in sottofondo solo il battito esultante e stupito del mio cuore che pulsava forte, fuoco fatuo anch'esso, illuminatosi per un secondo appena e poi persosi per sempre nell'eternità, tra i bagliori luminosi dell'immensità dell'ignoto.

Oltrepassai il vecchio ingresso che chiudeva al mondo questo angolo di pace perenne e, curiosando tra le tombe alla ricerca di qualche volto conosciuto, intravidi in lontananza una vecchia signora che piangeva silenziosa su una tomba sommersa di fiori bellissimi.

Il guardiano del cimitero, notando la mia curiosità, mi raccontò una vecchia storia che si consumò tristemente nel paese tanti anni addietro ma di cui ancora oggi si bisbiglia tra timoroso rispetto e profonda tristezza. La tomba coperta di fiori racchiudeva il corpo bellissimo della figlia morta d'amore a sedici anni, vent'anni prima. La ragazza, bellissima, orgoglio degli anziani genitori, scappò di casa con un giovane vagabondo che capitò lì per caso. Non si sa se fu il suo fascino spensierato od il sapore delle mille strade da lui percorse e da lei solo sognate a farla innamorare perdutamente. La giovane perdette letteralmente la testa, e fu uno scandalo senza precedenti per il piccolo paese non certo avvezzo a simili episodi. Una notte di luna piena si allontanò dalla propria casa e per giorni non si seppe più niente di lei. Solo un servo pastore, mentre si recava sugli alti pascoli, disse un giorno di averla vista in compagnia del giovane vagabondo, ridevano felici mentre camminavano tenendosi teneramente per mano. Per diversi mesi pare vissero tra i boschi cibandosi di ciò che la natura poteva offrire loro. Gli alberi fruscianti furono compagni e testimoni

discreti delle loro corse spensierate tra gli oleandri ed i glicini in fiore, il vento accarezzò sensuale i loro capelli scompigliati, e l'erba di campo ed i petali di margherita distesi a giaciglio fecero da intimo nido alle loro notti d'amore. La voluttà della notte si fondeva con la gioia dei loro corpi bellissimi, uniti nel calore umido della terra, mentre le stelle, alte nel cielo d'estate, illuminavano complici i dolci brividi del loro giovane amore. Come quei rari fiori invernali che, dopo un inverno durissimo, al primo sole primaverile fioriscono rigogliosi e sensuali tra le crepe dei ghiacciai e, a dispetto della morte che aleggia loro intorno, vivono e palpitano ad altezze impossibili, così il loro amore crebbe tenero ed unico tra la terra e la luna, disputando al sole estivo il calore e la luce che da esso promanava segnando il ritmo continuo della vita, nell'alternarsi gioioso del giorno e della notte. Forse la ragazza ignorava, però, che quei fiori bellissimi durano una sola stagione per poi subito dopo appassire, così, passò l'estate e con essa il ragazzo che seguì il volo libero e spensierato delle rondini che, come ogni anno, si diressero a sud alla ricerca di altre estati e di nuovi amori. Il fiume portò a valle un ben triste fardello quel giorno ed i lunghi capelli biondi che si confusero tra i flutti impetuosi parvero per anni annodarsi o poi sciogliersi irrequieti tra i giunchi piegati dal vento, e ancora oggi, se ti fermi un attimo a guardare le onde, una tristezza sconosciuta e misteriosa si insinua dolcemente nel tuo animo e, seduto sulla sponda del fiume, pur senza avere una ragione precisa, non riesci a trattenere una lacrima che, lentamente, scivola giù e si unisce partecipe ad un immenso dolore che da allora scorre, malinconico, tra le sue profonde e oscure acque. Se pur cerchi di specchiarti in quelle verdi acque, limpidissime e profonde, vedrai ancora riflesso il viso dolcissimo e amaro di una giovane donna che apertasi, una notte d'estate, fiduciosa all'amore ed alla vita si trovò poi sola, abbandonata, col cuore appassito e privo di vita che, all'approssimarsi dell'autunno, le mostrava di lontano l'ingiallirsi nel petto di quelle piccole foglie che furono corona alla sua dolce illusione.
La tomba era formata da un pezzo di roccia non scolpita, un masso pesante conficcato crudelmente nella terra. La madre contava i giorni che la separano dalla sua bambina e si recava tutti i giorni al cimitero per portarle i fiori più belli che riponeva con amore sopra la roccia nuda, peso insopprimibile che portava

sopra il cuore dal giorno che il marito la cacciò via di casa,
oppresso dalla vergogna e dal dolore per poi morirne egli stesso.

11

L'INSETTO

Abbandonai il piccolo cimitero con passi lenti e stanchi guardando ma non vedendo ciò che nella strada accadeva. Mi sentivo letteralmente travolto da questo vorticoso turbinio di uomini e di pensieri che affollavano disordinatamente il mio cammino e si sovrapponevano con fosco furore nella mia mente. E così, come ormai accadeva di continuo nel mio distratto e funambolico girovagare, mi ritrovai a percorrere, ancora una volta, uno di quei contorti e strettissimi sentieri di campagna, Questi antichi camminamenti, appena individuabili tra la folta vegetazione, disegnavano con fantasia bizzarra i percorsi labirintici che i nostri avi percorrevano all'alba e al tramonto, mentre i loro assorti pensieri li conducevano sicuri lungo i pendii scoscesi, su quei monti nei quali si svolgeva e si consumava lentamente la loro esistenza.

Ormai ero abituato a trovarmi nelle situazioni più assurde e ad incontri inconsueti con i personaggi più inverosimili non mi stupii particolarmente nel vedere uno strano essere, ricoperto di stracci e di cenci, che, piegato su se stesso, contemplava con mistica attenzione un piccolo insetto che stava ai suoi piedi. L'insetto si dibatteva disperato, prigioniero di una ragnatela da cui non riusciva a divincolarsi, i suoi sforzi per liberarsi servivano solo ad invischiarsi sempre più nella fitta trama dei sottili ma inflessibili fili della morte. L'intensità dello sforzo serviva solo a ridurre il tempo della propria agonia, richiamando più velocemente l'attenzione dell'enorme ragno che, disteso nella propria buca, aspettava. Sembrava che l'uomo cercasse nel comportamento dell'insetto quasi una agognata soluzione ad un suo personale e misterioso dramma. Totalmente concentrato ed immerso nella sua cinica occupazione, parve non accorgersi di me fino a quando non dovetti per necessità passargli davanti. Quando giunsi di fronte a lui, mentre continuava a tenere il suo sguardo ancora rivolto verso la terra ai suoi piedi e, come se riprendesse un vecchio discorso tra amici appena interrotto o se stessimo proseguendo una discussione avviata da tanto tempo e che ancora non avevamo concluso, urlò con furore:

- Perché ti odi tanto? Perché offendi così il tuo animo? Perché ti ostini ancora a portare questa assurda maschera che ti impedisce di vivere?

Colto dalla più assoluta sorpresa per un attacco così inaspettato e violento rimasi un attimo sconcertato e, guardando interrogativo la faccia stravolta del mio allucinato interlocutore, cercando nei suoi occhi sfuggenti una spiegazione razionale alle sue improvvise e oscure parole, aggiunsi:

- Perché mi accusi ingiustamente, forse che non abbiamo tutti una maschera che ci nasconde al mondò e a noi stessi? Tu che mi parli con tanta sicumera non soffri forse dei miei medesimi mali? O pensi che attaccando gli altri diminuisca in qualche modo la tua colpa?

L'uomo parve rimanere profondamente turbato da queste mie parole e, alzato lo sguardo, fissandomi dritto in viso. Bevvé avidamente i miei occhi immergendosi crudelmente dentro di me. Rimanemmo così per un lunghissimo attimo nel più assoluto silenzio, intenti solo a scrutare profondamente i nostri animi, quando, conclusasi questa imbarazzante operazione di studio, sorrise beffardo. Il chiarore della luna, che si affacciava pallido tra gli ultimi raggi di un sole ormai assente, sembrò per un attimo oscurare il suo viso ironico mentre i lunghi capelli, nerissimi, disegnavano dei nodi confusi e contorti sospinti disordinatamente dalle spire del vento di maestrale.

- Credi forse di essere un uomo libero? Povero piccolo illuso. Io lo sono, io che ho rifiutato ogni mito consolatorio, ogni sottile mistificazione e ogni subdolo inganno; io che ho demolito ogni falsa credenza e rifiutato ogni meschino compromesso col mondo. Tu sei solo un povero schiavo che trascini con rassegnazione le tue oscure catene, o quel che è peggio è che non senti neanche l'assordante rumore dell'ignobile giogo che ti porti appresso da una vita. L' uomo moderno è profondamente malato, ma non è il suo corpo ad essere malato. Sarebbe il meno. E' la sua anima ad essere infetta. Ed è una malattia terribile ed immonda che ammorba tutto il suo essere e si propaga dappertutto come una terribile pestilenza che abbraccia ogni cosa. Nessuno può sfuggire al suo contagio, finanche la vita è marcia e corrosa dal di dentro. Questa sottile ragnatela che si dipana lentamente, invisibile,

dall'animo di ognuno, ricopre ogni essere fino ad avviluppare l'umanità intera e soffocare ogni suo battito. Impedire ogni sua più intima pulsazione tanto da privarlo finanche della speranza.
I suoi occhi enormi erano cerchiati di rosso, come se non dormisse da giorni e la voce, flebile ma decisa, si levava imperiosa ed ossessiva nella sera per disperdersi subito dopo, trasportata dal vento nella notte che avanzava lentamente sul profondo baratro del suo cuore.
Perché credi che gli altri siano così ciechi come tu dici? E soprattutto, perché tu credi di essere diverso? Io ho sempre pensato di non far parte della moltitudine di persone che vivono senza coscienza e nella mia vita ho solo incontrato persone che erano ancora più convinte di me di essere gli unici ad assaporare il significato più autentico dell'esistenza. Come può il mondo essere popolato unicamente da uomini che credono di essere migliori degli altri. A quel punto lo strano essere ebbe un gesto stizzito e con un movimento di rabbia a stento frenata schiacciò con violenza l'insetto che ancora tentava inutilmente di trovare una risposta ai suoi misteriosi ed oscuri interrogativi. Poi rivolto il suo sguardo intenso verso di me parve fulminarmi con una carica di odio e risentimento così profondo che credetti veramente di soccombere. Poi, come quelle improvvise tempeste estive che dal niente infuriano e distruggono ogni cosa per poi scomparire altrettanto velocemente tra i raggi del sole che timido si riaffaccia tra le nuvole ancora scure e cariche di tanta distruzione, così l'uomo riprese a parlare:
Ho dissodato campi aridi ed incolti con il sudore della mia fronte, ho trascinato la mia esistenza dietro un pesante e freddo aratro dall'alba al tramonto senza fermarmi un solo istante, ho versato litri e litri del mio sangue riversandolo nella terra inaridita dal sole, e cosa ho avuto in cambio? Odio, umiliazione e scherno o nella migliore delle ipotesi solo indifferenza. Per anni ho confuso il duro e ingrato solco del mio campo con il tetro destino della mia vita e il sole, per anni è sorto e tramontato sulla mia schiena piegata. Poi ho deciso di smettere e iniziare a vivere. La vita non poteva essere tutta lì, doveva pur esserci qualcosa in qualche parte della terra che servisse per la mia redenzione. E così vagai per anni, per monti e valli, alla ricerca di un mistero che non sapevo definire, alla continua ricerca di qualcosa che desse un qualche stupido senso alla mia sciocca ed insulsa esistenza. Alla continua ricerca forse di un mito che somigliasse un poco a me stesso. Io,

un minuscolo pulviscolo di stella, immerso in un universo effimero troppo grande che mi sfugge, mi inganna, mi coarta, mi sfianca, mi illumina, mi incanta. Una divinità decaduta, emulo imperfetto di un dio crudele in cui ormai non credo più.
- Il tuo viaggio è simile a quello di tanti uomini. Non devi darti per vinto. Non devi permettere a coloro che ti hanno deriso di avere ancora ragione di continuare. Io credo che esista un senso nella nostra vita, e, se a volte sembra che la meta scompaia proprio quando stiamo per raggiungerla, è forse in ciò non una sconfitta ma uno stimolo, uno sprone a ricercare ancora, a proseguire nel nostro cammino. Forse il significato della nostra esistenza non è la meta. Forse è tutta qui la causa della nostra eterna delusione. Una rosa non appassisce forse se noi la cogliamo? Anche la cosa più bella che agogniamo non perde ogni attrattiva se la possediamo? Forse la meta non è il traguardo. Forse il senso riposto della nostra ricerca è la ricerca stessa. Forse la vera vita è proprio questo. Forse ...
Pareva non sentire neanche le mie parole. I suoi occhi guardavano lontano, perdendosi in chissà quali mondi lontani oltre l'orizzonte che si disegnava preciso tra il turchino del cielo ed il grigio perla della mia amata terra di Sardegna.
- Il mio primo ricordo fu un viso di donna, era bellissima, i suoi occhi cerchiati e provati dal dolore furono per me il più grande regalo che la vita poté darmi. Immergendomi in loro potei penetrare anche io nel suo eterno soffrire e da allora ogni volto incontrato, traspariva in quei riflessi di vita e di morte dove gioia e dolore, amore e sofferenza, eternamente compenetrati, si confondevano intimamente fino a identificarsi. Tutta la mia vita non è stata altro che un confondermi ed un tuffarmi in esso. Ho conosciuto la civiltà. Una mostruosa avanzante barbarie che maschera dietro la scienza e il progresso la morte della più pura essenza umana, e dietro un'illusione di libertà l'odiosa dittatura di pochi che, potenti e tronfi della loro, presunta ed arrogante, superiorità di classe, sfruttano, sprezzanti, e sottomettono i lori simili. Lo sfruttamento eretto a sistema. Uno sfruttamento che per ironia della sorte gli stessi sfruttati sono costretti ad accettare e difendere. Ora sono stanco, ora i teneri germogli della speranza sono appassiti per sempre nel mio cuore, bruciati dal gelo della realtà e i miei occhi, bianchi e secchi, incapaci anche di piangere, sono sbarrati senza luce e senza lacrime, levati inutilmente al cielo. Ho deciso di stare qui, su questa inutile via ad aspettare la

morte. Che senso ha camminare se hai un baratro alle spalle ed uno di fronte? Tanto vale sedersi sul ciglio della strada e lasciarsi morire.

La rabbia iniziale era completamente svanita ed aveva lasciato il posto ad un assoluto e totale scoramento. Un dolore senza confini aveva interamente avvolto ed offuscato ogni luce della sua esistenza. Avrei voluto dirgli qualcosa, fargli forza, cercare in qualche modo di confortarlo ma non ne ebbi il coraggio. Il vento del nord sferzava con insistenza irriverente il mio volto abbattuto e la sua voce irridente e ironica pareva colorarsi dell'eterno richiamo al ricordo della umana compassione. Riuscii solo a sedermi accanto a lui e, insieme, piangemmo a lungo. Seduti sul dorso della strada due uomini in lacrime, qualche attimo prima divisi dalla stupidità e dall'arroganza, si ritrovarono ora uniti dal dolore e dalla consapevolezza della propria lacerante infelicità, mentre la notte riprendeva ancora una volta il sopravvento sul giorno che, morente, sembrava un ricordo lontano e confuso.

12

L'ARRIVO

Un lungo fischio esplode nel silenzio e penetra con forza nelle mie orecchie doloranti. Sento il cervello esplodermi dentro la testa. Un brusco movimento del treno mi riporta improvvisamente alla realtà. Mi guardo attorno intontito e sbatto velocemente gli occhi, stento a rendermi conto del luogo in cui mi trovo. Come quando il corpo indolenzito si risveglia da un lungo sonno e la mente continua ancora per qualche secondo a vagare libero in un mondo che non è più. Il viso tremulo del signore seduto di fronte a me, nel mio stesso scompartimento, mi libera la mente dai residui del sogno. Il risveglio ha sempre un sapore amarognolo che si sente nella bocca e stenta a scomparire come i vapori densi del fumo che lentamente sale al cielo mentre una vecchia locomotiva sbuffa pigramente e si allontana perdendosi nell'orizzonte dei tuoi ricordi. Mi sento incredibilmente dolorante, la testa pesa più di un macigno, e continue pulsazioni mi martellano furiosamente le tempie.

La voce stridula ed impersonale del capostazione ripete il nome gracchiante della stazione. Ed io vengo trascinato fuori da una folla frettolosa e distratta che si disperde subito dopo tra i sottopassaggi spingendomi e strattonandomi goffamente fino a portarmi all'esterno della stazione dove, come un enorme formicaio, si apre la città. Cammino tra i tram ed i pedoni sospinto dall'inerzia della vita. Luci e vetrine si srotolano sciocche ai miei fianchi e sembra quasi assumano le sembianze di tanti clown che con le loro facce colorate ed i costumi sgargianti si affannino a ridere e giocare ma, nonostante i loro ridicoli e patetici tentativi, non riescono a nascondere quella piccola beffarda lacrima che dai loro occhi, pesantemente truccati, si riversa triste sul bianco esangue ed ossessivo della loro maschera. Io mi, sento incredibilmente stanco, mi volto ad osservare un fanale stranamente spento e riesco appena ad intravedere uno specchio, rotto che mi sta di fronte. Mi torna in mente una frase che lessi tempo fa sul muro davanti casa mia: "Viandante che vai per la tua strada, assorto e pensoso, cammina e non fermarti. Potresti smarrire la via, trovare un riflesso, uno specchio d'acqua od una vetrina illuminata: il tuo viso distorto, i tuoi occhi cerchiati, ed allora sarebbe la tua fine". La mia faccia è grottesca. Una espressione assurda e trafelata si divide in tanti frammenti di vetro irregolari che attraversano come raggi impazziti il mio viso smorto. Ogni parte di me si deforma orribilmente in mille diverse espressioni. Ogni scheggia di vetro, ogni frammento di specchio riflette un'immagine diversa. Il vecchio cieco, lo scultore pazzo, il poeta, il pastore, il piccolo asinello, il muflone, il vagabondo... Mille volti, mille voci che si uniscono in un eguale destino. Mille linee che si intersecano, impietose ma sublimi, in un groviglio inestricabile di vita, di dolore e di morte.